吉田隼人
Yoshida Hayato

現代歌人シリーズ
9

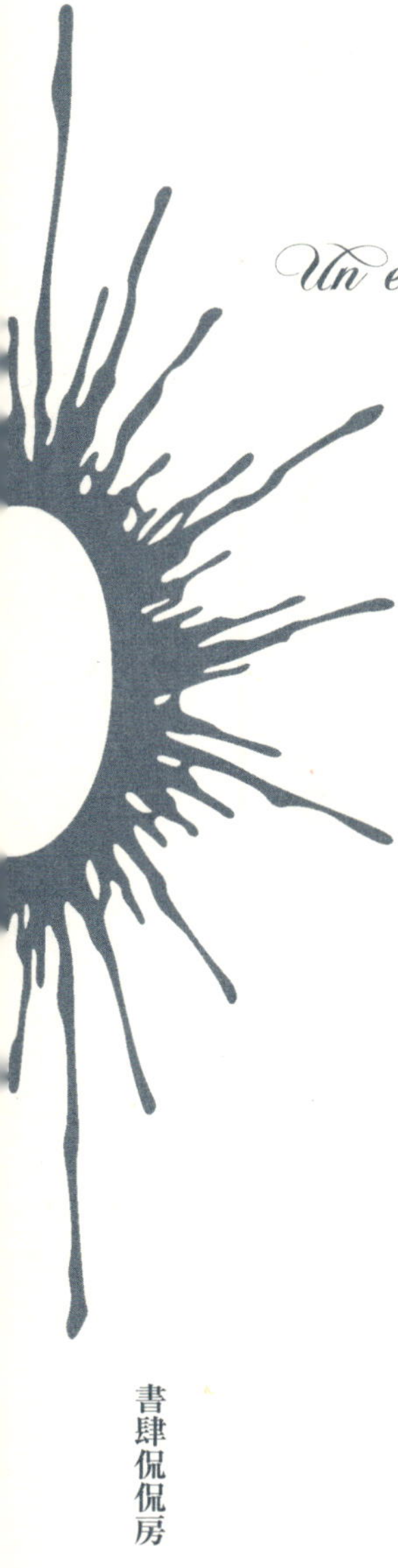

Un essai pour l'oubli

忘却のための試論

書肆侃侃房

忘却のための試論＊目次

装画　長岡建蔵「内省天使」
装幀　毛利一枝

忘却のための試論

Un essai pour l'oubli

Prologue　エドガア・ポオの墓

佛國詩人ステファヌ・マラルメが
米國詩人エドガア・ポオの奥津城に献じて詠める
十四行詩　拙譯に拠る

とはのすがたにみをかへて　おのれのさまにみをかへて
ぬきみのつるぎひきいだし　うたびとはよぶ　ももとせを、
おのがいきたるももとせを、よそなるこゑのつげきたる
はかなきもののかちどきを　いまししるとふももとせを。

そのかみあめのみつかひの　たみのことばにたまひたる
なほけがれなきことだまに　おびえ　いやしきみづへびは
ほまれけがしてにごりたる　わたつみよりぞくめるみづ、
みづにたぐへてことだまを　かくあしざまにののしりぬ。

あめとつちとのいさかひに　かつてたえざるいさかひに
されどわれらのおもひなす　おくつきかざるゆゑぞなき、
ほまれたかかるおくつきを、うたびと「ぽお」のおくつきを。

まがごとくらきあまつより　くだりてなほもしづけしの
みかげのいしよとことはに　くろきはねなすひがごとの
さきへとばむをおしとどめ　かぎりのさたをせめてさだめよ。

Première partie　2011 年

おやすみなさい、鳥類

みづのうへＡよりみづのうへＢへ鷺は線状に身をうつしけり

わたりどりの飛来告ぐれば冬の夜は少女のごとく華やぎはじむ

かなしいといふ感情の欠落は鳥や樹木にみとめられたり

建築のあひまを燃やすあさやけを飛びながら死ぬ冬の鳥類

旋回をへて墜落にいたるまで形而上学たりし猛禽
葉を落としつつなほも佇《た》つ幾本が鳥類のため葬列をなす
枯野とはすなはち花野　そこでする焚火はすべて火葬とおもふ
羽根は地に川に花野に（空といふふるさとのほかすべてに）舞ふよ

意味はあなたを騙すから雪焼けのみちにおやすみなさい鳥類

archaeopteryx diary

三月十日　東伏見

「現実」のてざはり粗し　ひのくれのきみの乳房の南半球

交接がうまくいかずにふたり聴くその冬いちばんつめたい雨を

春雪《しゅんせつ》はかういふ音がするのだと嘘つく真夜に壁白かりき

三月二十九日～四月二日　大阪・東京間

「すぷらつたらつぱすらつぷすていつくのトムとジェリーのトムばりに死ね」

希望的観測　僕を棄てのちきみにあかるい傘が似合ふよ

四月八日〜十二日　東京・福島間

雨もやう東北道をくだりつつ泣きたいひとは後部座席へ

福島《うち》に帰るまでが遠足　帰宅部の僕はそのみちのプロだと思ふ

夜桜に風のひとふき　庇ふにはあまりに巨き樹木も母も

庭には二羽ガッルス・ガッルス・ドメスティクスもつと僕にも敬意を払へ

葉桜は花の否定のただなかに樹《た》ちつつ dead or asleep

七月六日　神楽坂近辺

分布図のごと点々と痣をなすきみのからだにけものの棲まふや

水棲のころの名残を露拭いた風呂の鏡にうつしてゐたり

古代種の鰭ふるゆふべ羊歯のごときみの睫毛は侏羅紀《ジュラ》を孕む

シャワー室もくらがりなれば胸郭にしづく、とまがふ乳首をうかべ

関係はみづ浴びののち関係の濡れ羽色して飛び立ちにけり

七月九日〜十二日　久我山

うつくしいこひびとたちの死で終はる童話のやうに朝の吐瀉物

カーテンの一面はひかり孕むため拡がるものか　けふからが夏

はなたばは放《はな》つた場合はなたばは離ればなれの母にあなたに

夏風邪をひとの沙漠にきらめかせあなたの性欲をゆるさない

八月十四日　福島県伊達市

点たちを積分すると線になるやうに故郷とあなたと僕は

ねむること。きみの寝息のきこえない土地でねむること　どしやぶりのワイパー

ねむるとき用の覚醒ねむれないとき用の夢　合歓、猫、音色

古書店に文学全集『白鯨』の巻のみ残し海とほき町

九月四日　由比ヶ浜

海つてさ遠いもんだね僕はきみの晩年によりそふ弱き葦

まつくろな電車だつたか盆すぎの海邊を領《し》る生死といふは

九月二十六日～十月十四日　県立福島高校

大馬鹿者隼人のうへに満天の星をひろげて土曜は過ぎぬ

ことごとにことだまを言ふ少女らの手紙てかがみ髪のたましひ

大陸でやがて発掘さるるといふかつてあなたであつた始祖鳥

忘却のための試論

追憶が多くなれば、次にはそれを忘却することができねばならぬだろう。そして、再び思い出が帰るのを待つにも大きな忍耐がいるのだ。思い出だけなら、なんの足しにもなりはせぬ。（リルケ『マルテの手記』大山定一訳）

古書ひとつ諦めたれば蒼穹をあぢさゐのあをあふるるばかり

誰もが誰かを傷付けずにはゐられない季節がきます　傘の用意を

しんけんに嘘をつかれてゐたりけり街も街の樹もゆふやみのいろ

まんじゆしやげ。それだけ告げて通話切るきみのこゑ早や忘られてゐつ

死の予期は洗ひざらしの白きシャツかすめてわれをおとづれにけり

みあぐれば硝子天井　自死のときぎきみを統ぶべき美学はなくて

曼珠沙華咲く日のことを曼珠沙華咲かぬ真夏に言ひて　死にき

詠ふときあなたは致命的にもう遅れてゐるよ　ゆふだち　だち　ち

きまづさのきはみのはてに聴こゆるはほろびほころびほろほろ時雨

感情のそとにふる雨　ぐみの木をゆするなりけり記憶の庭の

わが脳に傘を忘るるためだけの回路ありなむ蝸牛《かぎふ》のごとき

指先でつとふるるとき雨脚はふくらはぎから四散しゆくも

雨だれの今し穿てる泥のごと誤植の句点。いとほしむべし

月はわがもの　たれよりも睡眠を愛す夢なきねむりを愛す

あるいは夢とみまがふばかり闇に浮く大水青蛾《おほみづあを》も誰かの記憶

けさ死なず目をさましたり窓鳴らす夏のあらしのやうな徒労だ

まなつあさぶろあがりてくれば曙光さすさなかはだかの感傷機械

真夏日になる筈の日の土耳古石《タアコイズ》いろのあさひを浴ぶ　橋の上《へ》に

死んでから訃報がとどくまでの間《かん》ぼくのなかではきみが死ねない

恋すてふてふてふ飛んだままつがひ生者も死者も燃ゆる七月

にんげんは己れの死ぬる季節さへ決めもあへねば庭に沙羅咲く

はつなつは死ぬに適さぬ季節だと告げたし告ぐべき相手はあらで

はしやぎにくさうに喪服ではしやぎゐる僕の知らないきみの友だち

棺にさへ入れてしまへば死のときは交接《まぐは》ふときと同じ体位で

いくたびか摑みし乳房うづもるるほど投げ入れよしらぎくのはな

供花といふ言葉を供花として去ねば寺院のうへにくらむ蒼空

季節ごとあなたはほろび梅雨明けの空はこころの闇より蒼し

夏空の高きよりなほ高きへと陽は昇り果て　僕を許すな

燃えおつるせつなの紙の態《すがた》して百合咲きてあり燃えおちざりき

遍在の《われ》はおそろし七月の通夜は死者より生者がおほく

東《ひむがし》の窓に弦月こほりゐて噛むほど砂と変ずる果糖

冥福の冥とはいづこ葉あぢさゐ月のうらがは愛のうらがは

寺町にわれは他所者うすずみの夜の駅までのゆくへも知らで

きがくるふほどねむいんだ　人ごみをわけて驟雨のなかへでてゆく

もう傘をなくさぬ人になりけり、と彫られて雨滴ためる墓碑銘

夏世界おそく暗みてわれとわがひとに等しき眠りおとづる
すいみんと死とのあはひに羽化の蝉。翅のみどりに透いてあるはも
喪、とふ字に眼のごときもの二つありわれを見てをり真夏真夜中
カアテンににほふあまおと　零時《まよなか》のながれもあへぬ時間《とき》をこそおもへ

おひ繁るまつ毛のほかは鏡像に消《け》なば消《け》ぬがのきみを見てゐつ

はちぐわつのきみと触れたりきみはもう存在するとは別の仕方で

サイモンとガーファンクルが学習用英和に載りてあり夏のひかり

おしばなの栞のやうなきみの死に（嘘だ）何度もたちかへる夏

死者たちの年齢を追ひこしてゆく夏のにげみづ　誕生日おめでたう

あをじろくあなたは透けて尖塔のさきに季節もまたひとつ死ぬ

おもひではたましひの襞　あなたからあつき風ふきつけてはためく

鶺鴒《せきれい》は飛ばずに駆ける　あさなさな夢の論理の途絶えむあたり

忘却はやさしきほどに酷なれば書架に『マルテの手記』が足らざり

思ひ出すがいい、いつの日か　それまでの忘却《わすれ》のわれに秋風立ちぬ

砂糖と亡霊《シュガー・アンド・ゴースト》

鴉等は鳴き叫び
風を切りて町へ飛び行く
まもなく雪も降り来らむ――
今尚、家郷あるものは幸福《さいはひ》なるかな。（ニーチェ「寂寥」生田長江訳）

気の弱いせいねんのまま死ぬだらうポッケに繊維ごちやごちやさせて

とほく雪ふりはじむるを音に聞きからだは咳でふるへる粒子

この冬もたちわるき風邪はやらむに貝殻ひとつひとつが死だと

聖誕祭菓子用苺《ストロベリ・フォア・ケイクス》の出荷見るぼくらは冬に弱いいきもの

たいくつな邦画のやうな色彩で実家のうへにも空はひろがる

眩暈《めまひ》かもしれぬ余震で隠るれば机の影は方形なりき

stressful《ストレッフォー》な日々なんですねと医者が云ひストレッフォーなんですよと応ふ

故郷しづかにうしなはれをり売薬の錠剤嚙んで噦みくだすとき

足らぬもの数ふるよりもいもうとは賠償金でパーマをあてる

報はれぬ努力のやうに初雪になりきれず降るみぞれかわれか

だれの死か　うけとめきれぬ父さんにけふのひなたはかくまでぬくい

いつ来ても巡査のゐない交番に舞ひこむそばから水になる雪

体罰のごときあめゆき何処ゆきのバスとも知らず乗りこみにけり

精神をひきずつてゆく　泥濘のそこかしこ薄氷《うすらひ》張るさなか

見るだけであかぎれさうな花屋にてまふゆのブーケひとつ購ふ

ゆきぞらにどこかあかるみゐるところありて希死とはこひねがふこと

ゆれてやまぬ心臓《クウル》めがけて確実にづどん、とやつて呉れぬか　翡翠《かはせみ》

心も神も喪失をせしそののちも砂糖は塩とまちがはれむよ

可能世界のわれを殺むる速度もて通過してゆく特急列車

いちれんの窓にはたはた霊のごとわれを映して列車は過ぎぬ

にしび強きに目を瞑るとき女子たちのさへづりといふ生存証明

ぎんなんといちやう降りつむこの道をわれの不在が踏みしめてゆく

まだ死んでゐないかれらのためにけふ喪服専用車両二両目

はみだせど鼻毛のやうには切れぬゆゑ被害者づらを冬陽にさらす

永遠は海より盆地の稜線さ溶けゆく太陽だべよ、ランボオ

いもうとの町にはつ雪　孤独とはきみが代はりに死ねぬことだよ

きみはきみの苦痛を生存《いく》るほかなくば雪の廃墟で傘をさしけり

「ああいもうとよきみを泣く代はりに僕は僕を泣く　きみ死に給ふな泣き給へ　兄」

落丁のごと見失ふいもうとのぺたんこ靴に沁みむか雪は

またひとつ無人駅増え　席ゆづるべき乗客のゐない阿武隈急行《あぶきふ》

霊のわれ屍肉のわれと落ち合へる中合百貨店五階書籍部

ゆきあかり（それとも町が暗いのか）自罰のひとが夜闇にうかぶ
雪に濡れ、かの剝きだしの鉄骨もかつて先史の恐龍なりき
うらめしや向かひは蕎麦屋　この坂をいうれい坂といふのでしたか
気象台に観測されぬ雪として人死《ひとじに》の地に塩は撒かるも

兄さんが鬼籍に入ればいもうとでなくなるのだよ油断するなよ

いもうとを持たず倫理も持たぬまま髪のかはりに撫でる枯れ草

かなしみを電離層まで捨てにゆきその夜ラジオの声がみだるる

薬壜洗ひ干されてゐたりけりまるでからだのないひとのやう

風呂場では傘さざずともよいことに気が付くまでのまふゆかく汗

生前のわが使ひゐし歯ブラシは水まはりの掃除に役立てり

紅白を全曲うたひあげながら母は偉人のごと皿洗ふ

白糖を舐めて大つごもりを越すいもうとたちを亡霊の訪ふ

贈る言葉をもたぬがゆゑの恥ぢらひに花束のかすみ草の残骸

Poesque《ポオエスク》にはちと足らぬ死別にて鳥はウーロン茶のウーと鳴く

ドアを閉ぢる　まぶたを閉ぢる　ひとりなら電気を消したまま生きられる

いうれいを一度だけ見たことがあり（冬なのが悪い！）寝床にもぐる

目とづれば嗅覚のみの冬となりその行間にねむる父たち

毛布には毛布の荒野にんげんは油断してると死んじまふのさ

寒夜なほ吊るされてある風鈴の比喩になれざる硝子いろかな

音もなく氷雨降りくるまよなかのバス停に来ぬバス待つ死者ら

はつゆめで教へてもらふ「梅一輪咲くに要する時」をさす古語

屋根ひくきこの町にけさ逃げ場なく無色の風のふきだまりをり

毛布いちまいでは寒く、この地区のちくびのごとく勃つ信夫山

降る雪に往路のほかの道なくば砂糖まぶせし餅を供ふる

いもうととまためぐり逢ふいつだってなにかが安いマクドナルドで

あらかじめ喪はれた革命のために

壇蜜と冬の街路樹かたぶける者らはなべてひかりを負へり

騒憂のとほく兆せる風の夜を他人《ひと》疑はば眉濃き少女

身を護る用にあらねば零時まへドーナツ・ショップにマフラーをとく

袖口をだぼつかせつつ牛乳を熱せり夜のふかきところで

交接ののちこひびとを愛づるごと闇あをき夜の虚無を抱き締む

とほ野よりなほとほき恋　硝煙と精液にほふ髪を洗ひて

death by hanging, with my singing

絞首刑　慣れぬネクタイむすぶときラジオは歌ふやうに報じぬ

洗濯機まはすのに要るいくらかの洗剤、柔軟剤、自由意志

春怒濤見つついだけりうなそこの首長龍のあをき孤独を

気圏よりあたたかき雨ふりきたり悲しみ方を教ふるごとく

秦佐和子いくたびか深きお辞儀して去りぬさんぐわつ雨ぬるむ頃

木の芽吹くさつきさみだれ秦佐和子いづこここより声のあとさき

折句「は・た・さ・わ・こ」

春雨は縦に降りけりさよならが別れの語たるこの国にゐて

コーリング・ユー　死ぬときに見えるのはなんだらうねと呼び出してゐる

花に雨、まよなかの虹、たいせつなものだけ抱いて死んでゆかうね

蝮の仔まむしの胎《はら》を喰ひやぶり出でたり帝政とは暗き春

火傷痕消えやらぬうち旅立ちぬ弔旗は風にちぎれゆかむに

竜胆の花のやいばを手折るとき喪失の音《ね》を聴かむ五指かな

とほりあめとほりすぎたり永遠にエチュードのまま終る革命

Deuxième partie　2011 年以前

世界空洞説　十代作品集

世界空洞説

日蝕の朝をわれらに知らせしはけふ殺さるる牛の鳴く声

右手のみなき人形をいちめんの菜ノ花畑に埋めて帰りぬ

死してなほ翅を展ぐる蝙蝠《かふもり》のはねに凍てつく月かげのいろ

鉱物の蝶は砕けて消えてゆき魚類の蝶は溺れゆくかも

亡霊のをとめをそつと眠らせて夢幻のごとく夜桜の散る

スナッフ・フィルム

いもうとの手首癒えねば我ひとり猫の死骸を埋めにゆくなり

夏空はみなもに映えてなほ昏し虚像ならざる世界はいづこ

パ・イ・ナ・ツ・プ・ルのルを踏まぬまま永久に欠席となる隣の女子は

ぱたぱたと校庭に立つ雨音はひとりぼっちの嘘つきの嘘

少女栽培法

しろたへのをとめの腋窩ちかければほのかに蘭の腐れるかをり

キャロル忌のスカートゆるる、ゆふやけとゆふやみ分かつＧ線上に

きみはちゆうとストローを吸ふ　知恵の実の汁と知らねばもう一つ吸ふ

ゆきをんな殺し殺されする恋もうらやましいと思ひはせぬか

つなぐ手をもたぬ少女が手をつなぐ相手をもたぬ少年とゐる

水棲静物画の夜

洪水の交差点に首長龍《プレシオス》いつせいに仔を産める夜かも

海蛇はアクアリウムに揺れてをりいかなるΩも死を定義せず

希望的観測

呼吸器のよわりてあれば身のうちにゆれてゐるなり無数のうみゆり

高熱にあえぎ喘ぎて糸を吐き蛍光の繭となりゆくわれは

息つめてやきそばのおゆ捨ててゐる祈りとかたぶんさういふものだ

凍てつきし甘夏缶を削りつつけふ生きのびしお祝ひをする

猛禽の青きむくろがさんぐわつの陽射しに特別扱ひされる

びいだまのなかの世界

Et in Arcadia Ego.　——我もまた桃源郷《アルカディア》に在りき。

人形義眼《ドール・アイ》なべて硝子と聞きしかばふるさと暗き花ざかりかな

盗みきし桃熟れすぎて半球を喰らはば罪のごと汁はとぶ

はらつぱのかなたに銀の廃戦闘機《どらごん》がからいばりして坐つてゐたり

岸辺にはねえさんだつた人がゐて真水でないと教へてくれる

ひきだしに誤訳のおほき哲学書隠せり。せかいのひみつのごとく
ねえさんの蝶々結びは縦になり生《あ》るるまへから落ちかける蝶
びんづめの少女の翅とかみのけは西陽まばゆき刻《とき》のあのいろ
人形にあるかなきかの乳ありて思想のごときもの徴《きざ》しくる

信仰をもたぬ町びとおのおの祈る貌《かを》もてゆふ立ちを待つ

どの家《うち》もがらす戸棚に人形を隠し、かくしてゆふだちは来《き》ぬ

あめのひのひらかぬかさをがちゃがちゃとやつてゐたらば　撃つてしまつた

水煙にけぶる農道ねえさんと逃げる（姉なんてゐないのに）

死せる姉、夢の中間《なから》にふる雨に濡らされてなほうすき両胸

姉はつね隠喩としての域にありにせあかしやの雨ふりやまず

ゆふだちののちのゆふやけ　一身上の都合でずぶ濡れなんですぼくは

蒼穹を硝子のごとくうち割りて真赤な腹の怪物がくる

ねえさんの腹筋しるく浮きいでてゆふひくれなゐ浴槽にさす

湯槽よりいできたるとき水しぶき姉は照らされ神とよぶべき

びいだまを少女のへそに押当てて指に伝はるちひさき鼓動

翅もたぬ少女らがみなひまはりの畑に睡《ねむ》るゆふあかねかな

しゅーくりーむに汚れし指をほの紅き少女の頬になすりつけたり

林檎みな白き紙筒《かみづつ》かぶされてあをく酸きままゆふひに焼かる

顕現の神とおもへりものみなが影濃き夏の夕《ゆふべ》に入りて

凪　ながきくろかみなべて引力のさるるがままの姉の立像

ゆふ窓は少女を閉ざす解きかけの方程式をつくゑに残し

とほくに火　とほくちかくに闇　姉がたましひの底から泣いてゐる

ねえさんの耳は胎児のかたちしてふたり眠れり夜明けの晩に

薄明に夏硝子鳴りりんりんと「己《お》ら家《い》の姉《ね》さま何処《どご》か知んにか」

ねえさんの名前はあかね　あきあかね　秋に生まれて死ぬる虫の名
びいだまに世界宿してラムネとはつね透きとほるたましひの比喩

ふーじゃ

ワイシャツをびしよぬれにしてかへりくれば東京ラブストーリー（再）
きみたちは恋愛すべしぼくはちよつと風邪ひいたのでしばし寝ますが
ねておきてフィニッシュコーワみつからずねておきてまたフィニッシュコーワがない
まづいまづい水道水でむりやりにくちうるほして、もうすこしねる。

すこしづつひもをほどいてゆくやうにやまひのからだうけいれてゆく

わづらひてねむりてさめて雨ふりのどこかラジオのうたごゑがする

ＤＪははやくちにその洋楽のやはらかき名をくりかへしけり

風邪の日に教育テレビ見ぬやつは信用ならぬ金も貸されぬ

ウィルスにみちたる呼気が三次元マスクとの間にうづまいてをり

最悪のばあひは休む　なぜだらうふーじゃと書いて風邪とよませる

二十三人

この国はけさ月曜日みなジャンプ読みゐてセンターカラー鮮《あたら》し

はつ雪、と声をあぐらむ人びとの二十三区に二十三人

鱗翅目の死骸をはこぶ労働に　は。ら。り。は。ら。り。と粉雪の舞ふ

西日本、東日本と線引いてフォッサマグナはきつと尊称

枯草のなかにおほきなあくびして黒猫のハイデガー、ハイデガーのくろねこ

牡丹《ぼた》雪に傘さしむくる人びとの傘まで含め冬の眷族

ならぬことはならぬものです霜月の犬しやんとして死んでゐたるよ

答案の出来悪からむ鉛筆をかじりかじりて齧歯の少女

こんなにも積もるものかね敵《かな》はんね街灯ばかり明るいのだね

立ちそばをホームで啜る観測史上二番目の日に吹雪かれながら

比喩として降るだけ降れよあす朝のひかりは降雪量の比例だ

立ちならぶこころの病気ビルはまだどの窓も灯をともしてゐたり

あらたまの都市に雪ふる古りながらなほももなかにしるけき皇虚

ばかの国ばかだけ住みて雪降れど雪と知らねば雪のおとだけ

二十三区に二十三通りの雪がふりそそぎ誰も傘をささない

猫さらひ注意！

幼年期　射精なきその絶頂の指に断たれしたんぽぽの首

春なのださうだ　扉のむかうからガールズトークなまなましくて

カーディガンすはだにまとひ樹液とは血や精液の喩ではないのだ

ポチ呼べどタマ呼べど来る野良猫はつね同じにてゆふぞら高き

春雨のいつしゆん前の風立ちて風俗のビラいつせいに舞ふ

さくらにゆきのふるごとく　美少女がべつの美少女をいぢめてゐたり

いや重《し》け吉事《よごと》いや重け吉事ととなへつつ春のふぶきをみつめてました

夏ぶとん洗ひつつ見るグラビアの局部に造花飾られてあり

前線に濡らされてゆく列島の河原かはらのエロ雑誌たち

うつくしきみどりの貝のまひまひが生殖してをりわが上腕に

いまここに雌猫あらばあやまたず犯してしまふほどの烈しさ

しんしんと射精せしもの拭ひさる紙くづは毒蛾潰ししかたち

灯ともして眠るひと夜に見る夢はへびいちご咲く病院の庭

少年は少年院に入りうる年代にして　毛ずね恥ぢらふ

通学路に山羊飼ふ家と孔雀飼ふ家とがありて山羊先に死す

風花といふ語も知りき駅便所にて拾ひきしエロ漫画より

猫さらひ注意！　のビラにゑがかれて棒人間に罪はなけれど

悲恋湖といふみづうみを教はりしM先生は理科のせんせい

おつぱいといふ権力がなつふくの女子らによつて語られてゐる

あづさゆみ反れば反るほど盛りあがる弓道をとめの豊けきちぶさ

精通の少年の吹くたんぽぽの綿毛をみなが注視してをり

たぶんきみは雨の日に生まれた

ひなぎくと厭世的なかほをして下手くそにひなぎくを描くきみと
この夏の慈雨ふりそそげラッセンの絵を売りつけるおねえさんにも
つなぐ手の汗も愛、ってことにして　たぶんきみは雨の日に生まれた
怪獣になつたら、きみが怪獣になつたら、虹を食べさせるから

いやらしい夢をしづかなふるさとの布団できみは反芻してゐる
信ずるものは救はるるから正露丸きちんと三粒かぞへて飲みぬ
（シンシアリー・ユアーズ）きみがどの夜もとびきりによく眠れますやうに

小倫理学

流れと波：そんな事は在りえないけれども、もし、一度だけ生まれ変われるとしたら、僕は植物になりたい。大きな喜びは無いけれど、代わりに深い悲しみも無い。感情は波……（7月23日）

うたがはず。初夏のあさひを呼吸してはるけき墓地に草生ふること

あえて言うが、何びとも自己の本性の必然性によって食を拒否したり自殺したりするものでなく、そうするのは外部の原因に強制されてするのである。（『エチカ』第4部、定理20備考）

ゆきやなぎ　生まれなければよかつたと云つて叱られたり幼き日

操る人形：僕の演じる事が出来るのはただ一つの役だけです。そう、観客。傍観者。群に逸れた羊。……（8月23日）

不眠の夜しらじらと明け、眼を冷やすとき死はふいに足許にくる

拒否　朝の外気がすべてわたしには有害なほど清涼なれば

快活は過度になりえず、常に善である。反対に憂鬱は常に悪である。（『エチカ』第4部、定理42）

塩分のおほきおかずを箸とことば交はさずつつく、死ぬまで

書き込み：ホルマリン漬けではなくて、出来るだけ色が残せるように酒石酸アンチモンカリウム中毒にさせたいです。少しずつ食事に混ぜてね。そうすれば2、3年は常温でも持ちますから。（8月24日）

日にいちど庭木に水をやるやうに真理を投与すること。愛とは

著作家たちのあの定義、愛とは愛する対象と結合しようとする愛する者の意志であるという定義は、愛の本質ではなくその一特質を表現するにすぎない。（『エチカ』第3部、諸感情の定義6説明）

樫の木に樫の木漏れ日　いだくときすでに読まれてゐたり大著は

今日は本の紹介します。グレアム・ヤング毒殺日記　尊敬する人の伝記、彼は14歳で人を殺した。酒石酸アンチモンカリウムで、毒殺した。其の薬品は僕の部屋の……（7月3日）

恩寵、と呼べばよいのかひとすぢの影のさなかに爬虫を殺む

人間は動物が人間に対して有する権利よりはるかに大なる権利を動物に対して有するのである。（『エチカ』第4部、定理37備考1）

少女の野心うつくしくしてなすすべもなく夏となる郊外だつた

本物：道を歩いていた野良犬を蹴ったら、キャンキャン喚きながら、地べたを這いずり回った。あはは、まるで本当の犬みたい。（7月13日）

生活はなるたけ変化のないはうがいい　天涯に風は吹けども

実際、その富の故に、死ぬほどの迫害を受けた人々の例や、財を手に入れるために、数々の危険に身をさらして、ついに自らの愚行の報いを生命を以てつぐなった人々の例ははなはだ多い。また名誉を獲得しあるいは維持するために、悲惨な苦しみをこうむった人々の例もこれに劣らない。（『知性改善論』8）

見ることはすでに憧憬　ショベルカー、ショベルを赤き土こぼれたり

傍観者：今日は3時間しかなかったので、早めに帰ることが出来ました。帰り道雨上がりで少し涼しいなか、色々な物を眺めました。ヒト、ヤマ、クルマ、タンボ、ト……（7月4日）

死をおもふときはしづかにおもへ　夏　炎昼のよこがほに翳さす

自由の人は何についてよりも死について思惟することが最も少ない。そして彼の知恵は死についての省察ではなく、生についての省察である。（『エチカ』第4部、定理67）

ひたかくしかくせよ嫌悪　蟷螂《たうらう》は翅を展いてわたしを脅す

夢魔：変な夢を見ました。僕が彼女を食べる夢です。僕は彼女を手、足、胴体、頭の順に食べました。細い腕は魚みたいに痙攣していて、引きちぎられても未だ動きました。（8月25日）

にくしみをはぐくみくらす　にくしみの背は馬にする仕方で撫でる

なおまた肉的愛、言いかえれば外的美から生ずる生殖欲、また一般的には精神の自由以外の他の原因を持つすべての愛は容易に憎しみに移行する（ただしその愛が狂気の一種にまでなっている——これはもっとしまつの悪い場合であるが——ならこの限りでない）。（『エチカ』第4部付録、第19項）

ラテン語の名もて名指され劇物は喜劇役者のおもてのやうだ

小さな友達：酢酸タリウムが届きました。薬局のおじさんは「医薬用外劇物」の表示に気付かず、必要な書類を通す事無く僕に其れを渡してきました。（8月24日）

はつなつと書けばその字をこえられぬままはつなつは逝き蝶も死ぬ

自然のうちには一として偶然なものがなく、すべては一定の仕方で存在し・作用するように神の本性の必然性から決定されている。（『エチカ』第1部、定理29）

雷雨来む　わたしのなかの森林の果樹をわたしが腐らすときに

性別：ネット上の性別は、戸籍上のものとは違うものが使われることが多いのでしょうか？　だとしたら、僕の罪も少しは許されると思います。（7月19日）

涙まで石となりはて法悦の聖女ひらきつぱなしの唇《くち》の

幼児あるいは少年のままで死骸に化する者は不幸と言われ、これに反して健全な身体に健全な精神を宿して全生涯を過しうるのは幸福とされる。（『エチカ』第5部、定理39備考）

愛よりも愛に似てゐる感情がカエルの腹を裂かせ、咲かせた

瓶詰め：僕の部屋の中には死体が沢山あります。瓶詰めの死体達は何時も其処に居て、僕を見守ってくれています。腹腸を飛び出させた蛙達が、陽気に手を振っている姿は……（7月20日）

感情を名指せぬままに霧雨のさなかまだらに濡らされてゆく

しかし他人の幸福から生ずる喜びがいかなる名前で呼ばれるべきかを私は知らない。（『エチカ』第3部、定理22備考）

はつなつのはつねつ　適量の薬品ですぐらくになるほどのはつなつ

解毒薬品製造元：寝ても起きても気持ち悪いし、指先とか脚とかが痺れてきたので、解毒剤を作りました。タリウム中毒の治療はプルシアンブルーと塩化カリウムの経口投与によって行われます。（8月26日）

しろき糸ひいて性器はわたしたちみな液体と思ひ出させる

愛する女が他人に身を委せることを表象する人は、自分の衝動が阻害されるゆえに悲しむばかりでなく、また愛するものの表象像を他人の恥部および分泌物と結合せざるをえないがゆえに愛するものを厭うであろう。(『エチカ』第3部、定理35備考)

うすき胸　なほうすき呼気　自慰のときにんげんでなくなることがある

夜は狂喜：生き物を殺すという事、何かにナイフを突き立てる瞬間、柔らかな肉を引き裂く感触、生暖かい血の温度。すべてが僕を慰めてくれる。(9月3日)

をとめらの股の毛叢のふかくしてそこから破綻してゆく論理

我々ははつきり主張し得る、女は本性上男と同等の権利を有せず、むしろ必然的に男の下に立たねばならぬ、従つて両性が等しく支配するといふことはあり得ぬことであり、ましてや男が女から支配されるといふことはなほ更のことである。(『国家論』第11章、第4節)

終着：帰らなかったみたいだね。本当は大した事じゃないんだ。下らない事だよ。それでも聞く？　…………わかった、話すよ。……僕は女だ。（8月27日）

天使さまの仮性包茎の右羽根と真性包茎の左翅

きわめて自卑的でありきわめて謙遜であると見られる人々は大抵の場合きわめて名誉欲が強くきわめてねたみ深いものである。（『エチカ』第3部、諸感情の定義29説明）

はたらいてゐないわたしが砂浜に承認されてながむる夕陽

幻覚：頭が痛いです。エフェ錠の副作用でしょうか？　周りで女子の甲高い声が響いているのが聞こえます、其の音が耳に入る度に、後頭部に鈍い痛みが走ります。僕は耳を塞ぎました。でも、まだ聞こえてくるみたいです。（7月11日）

屏風絵の情事に少女憔悴の坊主上手にオーヴァー・ドーズ

冷えきつた手さき足さきあつき湯に浸して　希望などなくていい

希望および恐怖の感情は悲しみを伴うことなしに存しえない。なぜなら恐怖は悲しみであるし、また希望は恐怖を伴うことなしには存しえないからである。（『エチカ』第4部定理47証明）

エチカ読む快楽《けらく》とエチカ論を読む快楽のあひを紙魚這ひゐたり

演技：今日の朝、先生に筆記用具を借りた。其の時泣きながら母の話しをして、同情を得た。人って案外簡単に騙されるものなんだと思った。（10月11日）

呪詛の外われに歌なし　蜉蝣目《ふいうもく》こよひまぐはふぬるき水のへ

余は人間の諸行動を笑はず、歎かず、呪詛もせず、たゞ理解することにひたすら力めた。（『国家論』第1章、第4節）

静岡県伊豆の国市、県立高校1年の女子生徒（16）が母親（47）に劇物のタリウムを摂取させたとされる殺人未遂事件で、女子生徒がインターネット上で日記形式の簡易ホームページ「ブログ」を開設し、母親を狙った動機を示唆する記述をしていたことが1日、県警少年課と三島署などの調べでわかった。

同課などは動機解明を急ぐとともに、タリウムの入手先を調べている。調べによると、女子生徒は8月中旬ごろから10月20日ごろまでの間、自宅などでネズミ駆除用の薬剤などとして使われるタリウムを母親に摂取させ、殺害しようとした疑い。母親は意識不明の重体となっている。

女子生徒も21日に体調を崩して入院したが、タリウムなどの中毒症状は出ていなかったという。女子生徒の部屋にはタリウムのほか、複数の薬品があり、化学関連の本なども見つかっている。女子生徒は高校の化学部に所属しており、毒劇物に対する知識が豊富だったとみられる。

一方、女子生徒が通っていた県立高校の校長は、「女子生徒はまじめに通っていた。家庭状況の相談はなく、問題も把握していない」と説明。タリウムについては「学校にはない」とした。

（「読売新聞」二〇〇五年11月1日）

※吉田註：女子生徒のブログ「グルムグンシュ」からの引用は有志によるミラーサイト（http://d.hatena.ne.jp/glmugnshu/）に、スピノザの著作からの引用はすべて岩波文庫の畠中尚志訳に、それぞれ拠った。この事件は新堂冬樹『摂氏零度の少女』（幻冬舎文庫）の原作となったほか、二〇一三年には『タリウム少女の毒殺日記』として倉持由香の主演で映画化もされた。なお、この女子生徒と僕は同い年である。

Troisième partie　2011 年以後

冬の羽根

名のうちに猛禽飼へば眠られぬ夜に重み増す羽毛ぶとんは

合鍵のやうな寝取りを息ころし聴いてた。冬がすぐ来ればいい

はつねつの感情線にみづと化す　ゆめのなかでもふつてゐた雪

早朝のこほりかけたるみづにゆれまるで貞女のやうな豆腐だ

うそをつくいきものとして羽根のなき彼と彼女が歩廊をあゆむ

遅延

冴えかへるまふゆゆふやみまよふときアルファ・タウリはかくまで赭《あか》き
きさらぎはわれにふるゆき曠野《あらの》ゆき神しいまさぬあらのぞさむき
ゆふ烏ながき射影と化するまで尖塔の上《へ》に死霊とあそぶ
はんかちに雨を吸はせて貼りつけて身熱はつか奪はせてゐる

花街の花が喩でなくなるまでの幾世代かの椿の交配

櫻に火　放てよ　はるのよひのうちやよひのよひをいひよどむうち

こでまりの影まで開花するごとき四月、ひかりのなか遅生まれ

青と蒼

スクリーン・セイバー 「ふれてください」の文字ながれ、恋なんてそんなもの

肋骨をかぞふるごとく愛撫して指は蛆虫よりよくぶかき

ちり紙にふはと包めば蝶の屍もわが手を照らしだす皐月闇

霊といふ字のなかに降る雨音をききわくるとき目をほそめたり

開花すなはち蕾の否定さみだれに打たるるあまり甘たるき香を

ねこめいし色の守宮《やもり》をしらかべに這はせて我思ふ、故に我在り

涙腺といふせせらぎがあなたにもわたしにもあり露草あをし

特急は死よりも疾《はや》く過ぎゆきぬ梅雨の晴れ間のかげの区域を

ここかつて焼け盡くしたる街にしてモビイ・ディックを横抱きの夏

青と蒼との差異をし問へば垂直に空へとほそき指をかざせり

A Longsleeper's Elegy

ピアノ・ソナタ第八番イ短調、第一楽章

過呼吸の不安きはまるわが胸郭《むね》にアマデウス鳴りやまざり、未明

朝を待つ駅舎にしんとすきとほる糖衣のやうなものの降りきぬ

始発まへの踏切が鳴りねぶそくのわれは天使の通るを見たり

雪が降る《イル・ネージュ》　かくも空疎な例文をとなへてあれば口中さむし

うとうとうつらうつらに区別あり　ゐねむり、りんりがく、くるしいね
炬燵はわれをわれは炬燵を愛しゐてかういふ死後があればいいのに
まなぶたの重みのままにやがてこの都市に眠りの雪はふりつむ
あさきゆめ　そのなかで聞く詩に生ふる撞着語法《オクシモオル》といふ薔薇のとげ

芙蓉の罠

土地の名をひたぶるに恋ひ恋ふるときひとは客死をとげむ冬晴れ

単数の鳥、単数の死を負ひて羽根のうちなる模様をさらす

ひたすらに雪融かす肩　母よ　僕など産んでかなしくはないか

ゆるすよりゆるさるるのはなほつらく闇にまちかまへてゐる芙蓉

絶望のふかさを測れ胆汁のいろの夜空に傘つきさして

のみみづをのみどにくぐす　魚《うを》をすら鬱は襲ふと知ればなほさら

食前酒《アペリチフ》ほどの眠気にまなぶたを焼かれこよひも悪夢を見むか

紫陽花抄

夏の鳥　夏から生まれ消えてゆく波濤のやうな鳥の影たち

肉体はかなしさざなみあをくして鯱《オルカ》はつひに海の葬列

神もまたねむる　ねむりてみるゆめのなごりともみえたゆたふ水母《くらげ》

青年の指もて父の撫でくれし日を風浴びておもひだす髪

カフカてふ姓は烏の謂《いひ》にしてゆふつかた貨車みな消ゆる朱夏

ひとならぬ身のかなしさに鵺《ぬえ》は啼き父よわが死を壽《ことほ》ぎ給へ

いもうとがわれに向けたるにくしみの数だけあをきあぢさゐの萼《ガク》

祝祭《フェストゥム》のかそけき萼を展くときはやそののちのしづもりを識る

永遠《エテルニタス》あるいは霊魂の架橋

青駒のゆげ立つる冬さいはひのきはみとはつね夭逝ならむ

暗雲はひかり孕みて息づきぬ熾天使《セラファン》の坐はわが眼ならねど

磨耗せし霊魂《プシケエ》　楽の音とともに眠剤のごと雪を容るるも

ゆふぐれて群青の刻　うすらひの水路に田鴫《たしぎ》ありてゆらがず

嫌はれて在ること　この世　粉雪は恩寵なれど街なほ暗し

ここにふるゆき雪ならずしんじつの雪やこころのいづかたに降る

狼のあをき毛なみに「永遠」と呼ぶべきものの香を聞くゆふべ

烏羽玉《ぬばたま》　Une vie imaginaire d'Edgar Poe

ヴァージニア
新大陸に夢はなかった
夢のほかには何もなかった

ほのしろき薄暮の街にたちのぼる存在以前への郷愁は

かなしみはかなしみのまま花の樹に花なくみぞれ青くたばしる

ゆけない、と告げたるのちの闇ふかき部屋になほ濃き闇として在る

ぬばたまの鴉《レイヴン》とみゆ孤独なる月のこころに影して去るは
鬱　しろき華か雪かもしれぬままふりくるもののさなかにて（死ね！）
もうなにもできなくなつてしまつたと告げて消えたき未明のこころ
運命愛《アモル・ファチ》、運命愛《アモル・ファチ》とも啼かむかも氷雨のもとに花喰ふ烏

うたびとはすでに彼岸の人にして草の葉ぬらす目にみえぬ雨

人語もてうたふをやめよ鳥には地虫を喰らふ生あればこそ

むなしくば議論もたえてなさずなり雨には傘をもて応ずのみ

われは死をなれはわが身を恋ひゐたり壜に酒精の冷ゆるこの宵

もてあそぶ罎（その中身はほんたうに酒？）なれの眼のほのほは見ずて

燃ゆる酒　闇のさなかに鳥はみな鴉とみえて燃え尽くる酒

行倒れ　雪夜に仆れ　背に街に大陸に雪の死化粧《エンバーミング》

白鍵と黒鍵のほか色なきを憂ひて（ヴァージニア！）喀血せり

さちうすき女の双の眼の闇に棲まふ鴉の爪のするどさ

ふりかへることは禁忌ぞぬばたまの夜半、音なく降る春の雪

伽藍幻視

聖堂の尖塔あまた鋭くてひかりの血潮浴び天を刺す

建築は崩れむがため高くなほ高きをめざす業とこそ知れ

死骸にも書物にも似てわが裡にとほきたふとき伽藍育ちあり

視ることと在ることとの差に怯えつつまづ双の眼で聖域おかす

玻璃窓にひかりひらめき蒼穹のしたたるあをも天蓋のうち
神もたぬわが身を容れて大伽藍《カテドラル》いままぼろしを愛せよと告ぐ
うつくしきその名を呼べばアヤ・ソフィア　土耳古《トルコ》青《あを》なす叡智の伽藍

流砂海岸

君は、解放ということの意味を知らないのだ。それは、その先には何もないという状態をさすのだよ。（ジュリアン・グラック『シルトの岸辺』安藤元雄訳）

岸にきてきしよりほかのなにもなくとがびとのごと足をとめたり

ゆふあかねほこりのまふを『陸水學』ふせてあなたはひとときみつむ

たいりくのかぜをはらみて帆のしろはなほつめたくてどこへもゆけぬ

風待野《かざまつの》といふ野のありて風待野いまわたつみのはしにひたさる
くらきそら、そらのくらさは重力のくらさともへばしほのみちくる
ゆきぐものいろ濃きところしたたりて「ぜつばうだけがめをひらくのだ」
ちさきなゐあひつぎてあり不安とはにんげんのみにゆるされし翅

さざなみはすなをひたせど海彼よりみればわれらはこのよのはたて

まがごとをもたらさむひとどもりつつ國語あやふくあやつるふゆよ

悪法も法　けものらのたけひくきくさばかりよるごときおんじき

すきばらをかかへていぬはうちよするしほみづなめてなほかわきゐぬ

ひそやかに戀ふるきもちでせんさうをまつひとの目のほのほにみほる
沖に燈のとぼしくとぼりはじむころたましひの主座ゆらめきやまず
へいわにもこひにもをはりあるごとく雪待つ街のひのともしごろ
はらんなきこひにちひさくなみうたすごとき刑死をきく、ふねを逐ふ

吸はるべきものにあらねばちさくあかくちくびふくらむ虜囚のをのこ

みいくさはつねにうみよりきたりなばいまそのうみに入水のをとこ

しぬるはうのめぐりあはせにあるひとの水死體くろき外套《こおと》きてをり

むないたに汗ふたしづくほどうすくうすくれなゐの乳くびうかべり

びなんしのみづくかばねはうみゆかばみなそこにあをきかげをおとさむ
やまゆかばやまのあやめしをとめらの草むすかばねかみみどりなす
おののおののしたしきかほによそほひて死はわれら待つ　うみにやまにまちに
こなゆきのしろきおもてをさらしつつ少年睡《ねぶ》りやすくゆめやれがたし

うなそこにほねをうづめてめつばうをゆめみるひともうをも恐龍も
くびながき爬蟲のいまもうなそこにあるをしんぜば怒濤くらしも
まつことはゆめにみること　みづどりは沖ふくかぜのうへしたをゆく
あなうらにすなのながるるくににありてわれら夭死のほかのぞむなし

しをねがふおもひはゆめに浸みとほりあなたのねがひねがほにみゆる

はつふゆのゆめもうつつもうつろにて鬱にてしづむ流砂の岸へ

あしもとをりうさにとられからぜきにかげんの月のゆるるよのはて

みこはみかどをすら兕ひえて天空にゆきよりしろく恆星もゆる

こなゆきにすぢごと濕るくろかみの神の死したるのちのしづもり
うつそみのきみよりゆめにみしきみのからめくる舌しふねかりしよ
ゆめにのみいづる土地ありそのゆめにかきかへられてゆく地政學
きたぐにの地圖のごとくにしろくまろききみのけぶかき處まさぐる

政體の性感帯にふるるときうみのくろさにゆびはそまりぬ
うんめいをしんぜぬといふうんめいを胸乳《むなち》ゆたけきあなたとわかつ
ちちふさは水阿《みぎは》のみづにあらはれてみをよりあをき脈すけてあり
おもみゆゑはつかにたるるちちふさをしろき布もてあなたはおほふ

きたよりのしほかぜうけて歸化植物もきみの恥毛もつめたくなびく

ほろびるね、ほろびるよ、とぞいひあへるゆめのきしべにあなうらひたし

とほつうみにふゆの雷《らい》ありよこがほのふかきにあをく陰翳たまる

おびえさへ微光をはなつまよなかにみづけのおほきゆきあはあはし

まよのうみくろくふるへてまばらなるゆきのひとひらひとひらを呑む
うみのくろ、よぞらのくろをぬりわくるごとしんしんとひゆる精液
鬱悒にみづこほりつつ性慾のなごりこごれるうへにうすゆき
をかされしあなたとふしめがちに逢ふあくありうむのあをきくらがり

わが嫉妬しづめがたくばとほなりのいくさのまへのうみとひびきあふ
ふゆやみのあくありうむのみづのなか鱏《えひ》のみだらにみをそらすみゆ
いくさこむその朝《あした》まで國家にはこひびとよりもあつきあいぶを

反響　–Echoes and Reflections–

まなかひにあらはるる神　ひとはみなわれ　われはひと　なつのひざかり

わが眼もてわれをみることかなはざるかなしみ　みづかがみ　みずにすぐ

なみおとのほかうちよするもののなきほらぬち　化石　つばさのくわせき

あさあけはがらすの大使　ふたりづれ　まどをおほきくひらきてよばふ

うなそこのうをのまなこにうつらずて　あるばとろす　は　とはにうたびと
なみになみ　なみになほなみ　永劫の回歸はつひにあをききらめき
たれもみなうをよりいでてかへりゆく　わたつみ　あるは　らびりんとす　へ
さしのべてとどかぬうで　の　かたちして樹はたちてあり　苔もむしたり

こゑなきうた　ことばなきこゑ　たましひはともしびよりもくらく微光す
あまぎらふまよの埠頭のめつむりてあれどひらきてあれど　闇　やみ
死のことをさけつつふたり　ものろおぐ　だいあろおぐ　は　うみとの對話
かみは苦を　ほとけは悲をばたまふとぞしればあをかる　みなづきの　ゆき

そこまではとどかむなみのなごりとてしほふく岩の　かしこ　預言者
そらのあを　うみのあを　とはことなれるあをさもて咲くほかなき　死びと
ねつぷうのさなか　砂塵のまふさなか　たふときものはきざせり　むねに
ぺるそな　を　しづかにはづしひためんのわれにふくなる　崖のしほかぜ

みのがしぬ　みのがされたり　さればこそうみとむすめのまつたき情死

つきしろはさやけきしづく　かつてわが愛せしをとめ蛇《ジャ》と化するとも

えいえんのやみ　と　うまれくるまへのときを観ぜば　しほのしづまり

あけがたのゆめのさめぎは　うすれゆくゆめの展翅はまなぶたのうら

Épilogue　または、わが墓碑銘《エピタフ》

[...]heureusement, je suis parfaitement mort,[...](Stéphane Mallarmé, Lettre à Cazalis, le 14 Mai 1867.)

いま二十六歳だから、十六歳で自殺を試みて遂に果たせず、あと十年だけ「生きようと試みる（tenter de vivre)」と決めたその十年が経過したことになる。福島県の片田舎にあって誰に見せるあてもなく独りで陰気な歌を作り始めたのも同じ十六歳のときで、この歌集にはその頃の歌も収められているから、慣例にならってこれを十六歳から二十六歳までの十年間の歌をまとめたものと称することも、とりあえずは可能であるわけだ。作者が生きていようが死んでいようがそんなことは作品そのものの価値とは基本的に何の関係もないわけであるが、実際の肉体的な生死はともかく、十六歳の頃のそれはそれで彼なりに深刻であったろう決意を尊重して、ここで二十六歳の僕はこの集を十年間延期された「吉田隼人」の死のための一基の墓標として世に送ろうと思う。

この十年間を僕は生きたというよりは、生と死を両極とする振り子のように頼りなく揺れ動いてきたに過ぎない。その間には「死」の側に大きく傾くことが一再ならずあり、こと二〇一一年に襲ってきた幾つかの外的な危機は、誠に遺憾ながら本書の第一部をなす「砂糖と亡霊」や「忘却のための試論」と

いった連作群に作者の実生活の影を色濃く落とすこととなった。

遺憾ながら、というのは詩歌に限らず文芸一般は言語を質料《マチエール》、想像力を形相《フォルム》として、作家の実人生とは何ら関係のないところに反現実・反世界の虚構空間を立ち上げるきわめて不毛な営みだと考えるからである。それでも「砂糖と亡霊」や「忘却のための試論」は、前者なら「イジチュール」、後者なら「アナベル・リー」をそれぞれ目指し、個人的体験の域にとどまらず、より普遍的な文学の主題へと接続されることを試みて制作された。なべて詩人《うたびと》はその祖にオルフェウスの神話を持つものだとしたら、これらの愚作も一つの「冥府降《くだ》り（descente aux enfers）」の物語として位置付けることが、あるいは許されるかも知れない。

この集が一基の墓標である以上、冥府に降った作者は遂にそのまま此岸に還ってこないということも充分に考えられる。それは肉体の死であるかも知れないし、あるいはまた「歌のわかれ」というかたちをとるかも知れない。いずれにせよ、吉田隼人という人間が実人生においてこの先また死に損なって醜く生き延びたとしても、彼の手からは最早ここに収められたような歌は決して生まれえないであろう。

それこそがこの書を墓標と呼び、歌のわかれを言う所以である。なおこれは「僕が」「短歌を」捨てるのではなく、逆に「短歌が」「僕を」捨てるのだということを慌てて言い添えておく。

本集の表紙には、ゲーム『さよならを教えて』に二十歳で出逢って以来、一貫して畏敬の念を抱き続けてきた異才・長岡建蔵氏の作品「内省天使」を使わせていただいた。常々、もし生きて歌集を出す機会に恵まれればその表紙にはなるべく歌壇人の顰蹙を買うような画を飾りたいと思ってきたが、それに相応しい作品と巡りあうことができたのは何よりの幸福である。文学者なるものは畢竟この画のように、地上にあっては何ら役に立つことのない羽根を負わされ、その裸形のみならず臓物をすら無様に曝して「死にながら生きる」ことしかできない無益な彼岸の住人ではなかったか。その腹の傷口からのぞく赤いものが臓物に見えるか薔薇に見えるか、それはもはや読者に委ねられた、作者の預かり知らぬ領域である。

本書の成立にあたっては先述の長岡氏のほか、多数の方々の御尽力があった。帯文を引き受けて下さった高橋睦郎氏、編集に当たられた書肆侃侃房の田島安江氏・黒木留実氏、装丁を御担当下さった毛利一枝氏、また歌集出版など到底望めない経済的条件にあった作者を「現代歌人シリーズ」へ参加するようお誘い下さった加藤治郎氏、そのほか本書に関わられた全ての方々に厚く御礼を申し上げる。研究そっちのけで短歌などにうつつをぬかす怠惰な一学生を励まし勇気付けて下さった指導教員の千葉文夫早稲田大学教授には敬意と畏怖を、短歌を作り始めた県立福島高校時代の恩師並びに友人諸氏には友情と懐旧を、早稲田短歌会の先輩後輩をはじめ短歌を通じて知遇を得ることとなった全ての人々には持てる限りの愛情と憎悪を、そして何より吉田隼人という「役立たずであやふや（inutile et incertain）」な重荷をこれまで抱えてきた家族には心からの感謝と絶望を、それぞれ捧げたい。

全体の題には、角川短歌賞を受け、この集にも収められた連作と同じ「忘却のための試論」を採用した。ギリシャ神話において忘却《レーテー》は死《タナトス》と眠り《ヒュプノス》の姉妹とされる。その下に作者が安らかな死を眠るべき一基の墓標の碑銘としては、まず相応しいものとなったのではないかと自負している。

平成二十七年霜月

吉田隼人

Bibliographie

Première partie　二〇一一年

おやすみなさい、鳥類　「早稲田短歌」四一号（二〇一二年三月）

archaeopteryx diary　「早稲田短歌」四一号（二〇一二年三月）

忘却のための試論　「短歌」二〇一三年一一月号

砂糖と亡霊　「率」二号（二〇一二年一一月）

あらかじめ喪はれた革命のために　「詩客」二〇一三年五月ほか

Deuxième partie　二〇一一年以前

世界空洞説　福島高校文芸部部誌「襤褸」別冊（二〇〇六年九月）ほか

びいだまのなかの世界　「早稲田短歌」四二号（二〇一三年三月）

ふーじゃ　「dagger」一号（二〇〇九年五月）

二十三人　「早稲田短歌」三九号（二〇一〇年三月）

猫さらひ注意！　「dagger」三号（二〇一〇年一一月）

たぶんきみは雨の日に生まれた　「朝日新聞」二〇一三年一〇月一日夕刊
小倫理学　「短歌」二〇一三年十二月号

Troisième partie　二〇一二年以後
冬の羽根　「NHK短歌」二〇一二年一一月号
遅延　「短歌往来」二〇一三年四月号
青と蒼　「率」四号（二〇一三年一一月）
A Longsleeper's Elegy　「率」三号（二〇一三年五月）
芙蓉の罠　「早稲田短歌」四三号（二〇一四年三月）
紫陽花抄　「歌壇」二〇一四年一〇月号
永遠あるいは霊魂の架橋　「率」六号（二〇一四年九月）
烏羽玉　書き下ろし
伽藍幻視　「東京新聞」二〇一五年二月二七日夕刊
流砂海岸　「短歌」二〇一五年二月号
反響　書き下ろし
※なお「流砂海岸」「反響」の二連作のみ漢字は旧字体を使用した。

■著者略歴

吉田 隼人（よしだ・はやと）

1989年4月25日、福島県伊達郡保原町（現在の伊達市）に生まれる。

町立の小中学校、県立福島高校を経て、2012年3月に早稲田大学文化構想学部（表象・メディア論系）卒業。2014年3月、早稲田大学大学院文学研究科（フランス語フランス文学コース）修士課程修了。現在、博士後期課程に在学中。

2013年に「忘却のための試論」50首で第59回角川短歌賞を受賞。早稲田短歌会ほかを経て、現在無所属。

「現代詩手帖」2014年1月号から2015年12月号まで短歌時評を連載。

「コミュニケーションギャラリー　ふげん社」ホームページに2014年11月からエッセイ「書物への旅」を連載。

連絡先：ysd8810@gmail.com

「現代歌人シリーズ」ホームページ　http://www.shintanka.com/gendai

現代歌人シリーズ9

忘却のための試論　Un essai pour l'oubli

二〇一五年十二月十一日　第一刷発行
二〇一九年　五　月二十日　第二刷発行

著　者　吉田 隼人
発行者　田島 安江
発行所　株式会社 書肆侃侃房（しょしかんかんぼう）
〒八一〇-〇〇四一
福岡市中央区大名二-八-十八-五〇一
TEL：〇九二-七三五-二八〇二
FAX：〇九二-七三五-二七九二
http://www.kankanbou.com　info@kankanbou.com

印刷・製本　アロー印刷株式会社
DTP　黒木 留実（書肆侃侃房）

ISBN978-4-86385-207-5　C0092

現代歌人シリーズ

四六判変形／並製

現代短歌とは何か。前衛短歌を継走するニューウェーブからポスト・ニューウェーブ、さらに、まだ名づけられていない世代まで、現代短歌は確かに生き続けている。彼らはいま、何を考え、どこに向かおうとしているのか……。このシリーズは、縁あって出会った現代歌人による「詩歌の未来」のための饗宴である。

1. 海、悲歌、夏の雫など　千葉 聡　144ページ／本体 1,900 円＋税／ISBN978-4-86385-178-8
2. 耳ふたひら　松村由利子　160ページ／本体 2,000 円＋税／ISBN978-4-86385-179-5
3. 念力ろまん　笹 公人　176ページ／本体 2,100 円＋税／ISBN978-4-86385-183-2
4. モーヴ色のあめふる　佐藤弓生　160ページ／本体 2,000 円＋税／ISBN978-4-86385-187-0
5. ビットとデシベル　フラワーしげる　176ページ／本体 2,100 円＋税／ISBN978-4-86385-190-0
6. 暮れてゆくバッハ　岡井 隆　176ページ（カラー16ページ）／本体 2,200 円＋税／ISBN978-4-86385-192-4
7. 光のひび　駒田晶子　144ページ／本体 1,900 円＋税／ISBN978-4-86385-204-4
8. 昼の夢の終わり　江戸 雪　160ページ／本体 2,000 円＋税／ISBN978-4-86385-205-1
9. 忘却のための試論 Un essai pour l'oubli　吉田隼人　144ページ／本体 1,900 円＋税／ISBN978-4-86385-207-5
10. かわいい海とかわいくない海 end.　瀬戸夏子　144ページ／本体 1,900 円＋税／ISBN978-4-86385-212-9
11. 雨《ふ》る　渡辺松男　176ページ／本体 2,100 円＋税／ISBN978-4-86385-218-1
12. きみを嫌いな奴はクズだよ　木下龍也　144ページ／本体 1,900 円＋税／ISBN978-4-86385-222-8
13. 山椒魚が飛んだ日　光森裕樹　144ページ／本体 1,900 円＋税／ISBN978-4-86385-245-7
14. 世界の終わり／始まり　倉阪鬼一郎　144ページ／本体 1,900 円＋税／ISBN978-4-86385-248-8
15. 恋人不死身説　谷川電話　144ページ／本体 1,900 円＋税／ISBN978-4-86385-259-4
16. 白猫倶楽部　紀野 恵　144ページ／本体 2,000 円＋税／ISBN978-4-86385-267-9
17. 眠れる海　野口あや子　168ページ／本体 2,200 円＋税／ISBN978-4-86385-276-1
18. 去年マリエンバートで　林 和清　144ページ／本体 1,900 円＋税／ISBN978-4-86385-282-2
19. ナイトフライト　伊波真人　144ページ／本体 1,900 円＋税／ISBN978-4-86385-293-8
20. はーはー姫が彼女の王子たちに出逢うまで　雪舟えま　160ページ／本体 2,000 円＋税／ISBN978-4-86385-303-4
21. Confusion　加藤治郎　144ページ／本体 1,800 円＋税／ISBN978-4-86385-314-0
22. カミーユ　大森静佳　144ページ／本体 2,000 円＋税／ISBN978-4-86385-315-7
23. としごのおやこ　今橋 愛　176ページ／本体 2,100 円＋税／ISBN978-4-86385-324-9

24. 遠くの敵や硝子を　服部真里子

176ページ
本体 2,100 円＋税
ISBN978-4-86385-337-9

25. 世界樹の素描　吉岡太朗

144ページ
本体 1,900 円＋税
ISBN978-4-86385-354-6

26. 石蓮花　吉川宏志

144ページ
本体 2,000 円＋税
ISBN978-4-86385-355-3

以下続刊